큰 글
한국문학선집

노천명 시선집

사슴

일러두기

1. 이 시집은 『산호림』(천명사, 1938), 『창변』(매일신보출판부, 1945), 『별을 쳐다보며』(희망출판사, 1953), 『사슴의 노래』(한림사, 1958), 『사슴』(미래사, 1991)을 참조하였다.
2. 표기 및 띄어쓰기는 원칙적으로 현행 맞춤법에 따랐다. 그러나 시적 효과 및 음수율과 관련된 경우는 원문의 표기와 띄어쓰기를 그대로 따랐다.
3. 원문에 " " 및 ' ' 표기는 〈 〉로 고쳤다.
   그러나 원문에서 [ ]를 사용한 경우는 원문 표기를 따랐다.
4. 원문에서 표기한 한자의 경우는 필요시 그대로 두었다.
5. 작품의 목차는 시집 출간년도를 우선하였으며, 시집 미수록 작품의 경우 신문 잡지의 발표순으로 수록하였다.
6. 텍스트의 이해를 돕기 위하여 편자 주를 달았는데, 이는 국립국어원의 뜻을 참조하였다.

목 차

자화상

5척 1촌 5푼[1] 키에 2촌이 부족한 불만이 있다. 부얼부얼한[2] 맛은 전혀 잊어버린 얼굴이다. 몹시 차보여서 좀체로 가까이 하기 어려워한다.

그린 듯 숱한 눈썹도 큼직한 눈에는 어울리는 듯도 싶다마는……

전시대 같으면 환영을 받았을 삼단 같은 머리는 클럼지[3]한 손에 예술품답지 않게 얹혀져 가냘픈 몸에 무게를 준다. 조그마한 거리낌에도 밤잠을 못 자고 괴로워하는 성격은 살이 머물지 못하게 학대를 했을 게다.

1) 길이와 수량의 단위. 척(尺)은 자. 한 자는 한 치의 열 배로 약 30.3cm에 해당한다. 촌(寸)은 치. 한 치는 한 자의 10분의 1 또는 약 3.03cm에 해당한다. 푼은 분(分). 1푼은 전체 수량의 100분의 1로, 1할의 10분의 1이다.
2) (기)부얼부얼하다. 살이 찌거나 털이 복슬복슬하여 탐스럽고 복스럽다.
3) 'clumsy(꼴사나운)'의 뜻으로 추정.

꼭 다문 입은 괴로움을 내뿜기보다 흔히는 혼자 삼켜 버리는 서글픈 버릇이 있다. 삼 온스의 살만 더 있어도 무척 생색나게 내 얼굴에 쓸 데가 있는 것을 잘 알건만 무디지 못한 성격과는 타협하기가 어렵다.

처신을 하는 데는 산도야지처럼 대담하지 못하고 조그만 유언비어에도 비겁하게 삼간다 대(竹)처럼 꺾어는 질지언정

구리(銅)처럼 휘어지며 구부러지기가 어려운 성격은 가끔 자신을 괴롭힌다.

바다에의 향수

기억에 잠긴 남빛 바다는 아드윽하고
이를 그리는 정열은 걷잡지 못한 채
낯선 하늘 머언 물 위에서
오늘도 떠가는 구름으로 마음을 달래보다

지금쯤 바다 저편엔 칠월의 태양이 물 위에 빛나고
기인 항해에 지친 배의 육중스런 몸뚱이는
집시-의 퇴색한 꿈을 안고 푸른 요 위에 뒹굴며
낯익은 섬들의 기억을 뒤적거리며……

푸른 밭을 갈아 흰 이랑을 뒤에 남기며
장엄한 출범은 이 아침에도 있었으리……
늠실거리는 파도- 바다의 호흡- 흰 물새-
오늘도 내 마음을 차지하다-

교정

흰 양옥이 푸른 나무들 속에
진주처럼 빛나는 오후―
닥터 노엘의 졸리는 강의를 듣기보다 젊은 학생들은
건너편 포플러나무 위로 드높이 날리는 깃발 보기를 더 좋아했다

향수가 물이랑처럼 꿈틀거린다
퍼덕이는 깃발에 이국 정경이 아롱진다
지향 없는 곳을 마음은 더듬었다

낯선 거리에서 금발의 처녀를 만났다
깊숙이 들어간 정열적인 그 눈이
이국 소녀를 응시하면

〈형제여!〉
은근히 뜨거운 손을 내밀리라

푸른 포플러나무!
흰 양옥!
붉은 깃발!
내 제복과 함께 잊혀지지 않는 정경이여……

슬픈 그림

보랏빛 포도알처럼 떫은 풍경—
애드벌룬에는 〈아담과 이브시대〉의 사진 예고다
아스파라가스처럼 늘 산뜻한 걸 즐기는 시악씨[4]
오얏나무 아래서 차라리 낮잠을 잤다

바느질 대신 아프리카종의 고양이를 데리고 논다
구두를 벗고 파초잎으로 발을 싸 본다
하나 시악씨는 문득 무엇이 생각킬 때면

붉은 산호 목걸이도 벗어 던지고
아무도 달랠 수 없이 울어버리는 버릇이 있단다

---

4) '색시'의 방언.

돌아오는 길

차마 못 봐 돌아서오며 듣는 기차 소리는
한나절 산골의 당나귀 울음보다 더 처량했다

포도 위에 소리 없이 밤안개가 어린다
마음속엔 고삐 놓은 슬픔이 뒹군다

먼—한길에 걸음이 안 걸려
몸은 땅 속에 잦아들 것만 같구나

거리의 플라타너스도 눈물겨운 밤
일부러 육조(六曹)[5] 앞 먼 길로 돌았다

---

5) 고려·조선 시대에, 국가의 정무(政務)를 나누어 맡아보던 여섯 관부(官府).
이조, 호조, 예조, 병조, 형조, 공조를 이른다.

길바닥엔 장미꽃이 피었다— 사라졌다— 다시 핀다
해저(海底)의 소리를 누가 들은 적이 있다더냐

황마차(幌馬車)

기차가 허리띠만한 강에 걸친 다리를 넘는다
여기서부터는 내 땅이 아니란다
아이들의 세간 놀음보다 더 싱겁구나

황마차[6]에 올라앉아 〈아가위〉[7]나 씹자
카추샤의 수건을 쓰고 달리고 싶구나
오늘의 공작(公爵)은 따라오질 않아 심심할 게다

나는 여기 말을 모르오
호인(胡人)[8]의 관이 널린 벌판을 마차는 달리오
넓은 벌판에 놔주도 마음은 제 생각을 못 놓아

6) 포장마차.
7) 산사나무의 열매.
8) 만주사람.

시가도 피울 줄을 모르고
휘파람도 못 불고……

낯선 거리

꿈에서도 못 본 낯선 거리엔
이 고장 말을 몰라 열없고
강아지 새끼 하나 낯익은 게 없다
오라는 이도 없었거니
가라는 이가 없어서 섧단다

사람들이 흘어간 낯선 거리엔
네온사인이 밤을 음모(陰謀)하고—
무랑의 마담은 잠이 왔다
강아지 새끼 하나 낯익은 게 없다
가라는 이가 없어서 섧단다—

옥촉서(玉蜀黍)[9]

우물가에서도 그는 말이 적었다
아라사[10] 어디메로 갔다는 소문을 들은 채
올해도 수수밭 깜부기가 패어버렸다

샛노란 강냉이를 보고 목이 메일 제
울안의 박꽃도 번잡한 웃음을 삼갔다
수국꽃이 향기롭던 저녁—
처녀는 별처럼 머언 얘기를 삼켰더란다

---

9) 옥수수.
10) '러시아'의 음역어.

고독

변변치 못한 화를 받던 날
어린애처럼 울고 나서
고독을 사랑하는 버릇을 지었습니다

번잡이 이처럼 싱그러울 때
고독은 단 하나의 친구라 할까요

그는 고요한 사색의 호숫가로
나를 달래 데리고 가
내 이지러진 얼굴을 비추어줍니다

고독은 오히려 사랑스러운 것
함부로 친할 수도 없는 것-
함부로 가까이하기도 어려운 것인가 봐요

제석(除夕)[11]

올해도 마지막 가는 밤이어니
가는 나이 붙들고 울어 볼까나
붙들고 매달려도 가겠거늘
가고야 말 것을……

이해 숨넘어가는 밤이기에
한 손에 촛불 들고 또 한 손에
지난해 〈삶〉의 기록 말아 쥐고
꿈의 제단 앞에 불사르러 나왔소

의지로 날 넣고 정으로 씨 넣어
이 해의 〈삶〉일랑 곱게 곱게 짜려던 것이

11) 섣달 그믐날 밤.

빛나게도 짜려던 것이
이리도 거칠고 윤도 없구려

사월의 노래

사월이 오면 사월이 오면은……
향기로운 라일락이 우거지리
회색빛 우울을 걷어 버리고
가지 않으려나 나의 사람아
저 라일락 아래로– 라일락 아래로

푸른 물 다담뿍 안고 사월이 오면
가냘픈 맥박에도 피가 더하리니
나의 사랑아 눈물을 걷자
청춘의 노래를, 사월의 정열을
드높이 기운차게 불러 보지 않으려나

앙상한 얼굴의 구름을 벗기고
사월의 태양을 맞기 위해

다시 거문고의 줄을 골라

내 노래에 맞추지 않으려나 나의 사람아!

가을날

겹옷 사이로 스며드는 바람은
산산한 기운을 머금고……
드높아진 하늘은 비로 쓴 듯이 깨끗한
맑고도 고요한 아침—

예저기 흩어져 촉촉이 젖은
낙엽을 소리 없이 밟으며
허리띠 같은 길을 내놓고
풀밭에 들어 거닐어보다

끊일락 다시 이어지는 벌레소리
애연히[12] 넘어가는 마디마디엔

---

12) 슬픈 듯하게.

제철의 아픔을 깃들였다

곱게 물든 단풍 한 잎 따 들고
이슬에 젖은 치맛자락 휩싸 쥐며 돌아서니
머언데 기차 소리가 맑다

동경

내 마음은 늘 타고 있소
무엇을 향해선가–

아득한 곳에 손을 휘저어 보오
발과 손이 매여 있음도 잊고
나는 숨가삐 허덕여 보오

일찍이 그는 피리를 불었소
피리소리가 어디서 나는지 나는 몰라
예서 난다지…… 제서 난다지……

어디엔지 내가 갈 수 있는 곳인지도 몰라
허나 아득한 저곳에
무엇이 있는 것만 같애
내 마음은 그칠 줄 모르고 타고 또 타오

구름같이

큰 바다의 한 방울 물만도 못한
내 영혼의 지극한 적음을 깨닫고
모래 언덕에서 하염없이
갈매기처럼 오래오래 울어 보았소

어느 날 아침 이슬에 젖은
푸른 밤을 거니는 내 존재가
하도 귀한 것 같아 들국화 꺾어 들고
아침다운 아침을 종다리처럼 노래하였소

허나 쓴웃음 치는 마음
삶과 죽음 이 세상 모든 것이
길이 못 풀 수수께끼이니
내 생의 비밀인들 어이 아오

바닷가에서 눈물짓고……
이슬 언덕에서 노래 불렀소
그러나 뜻 모를 이 생
구름같이 왔다 가나 보오

네잎클로버

녹음(綠陰)－ 소망의 정령인 그가
푸른 손으로 나를 불러 뛰어나갔소
무엇을 찾을 것만 같아 나무 아래 거닐었소
옆에서 풀잎을 헤치는 동무 하나
네잎클로버를 찾는다 하오
그가 왜 이상해보이오

허나 그가 귀엽지 않소
믿음과－ 소망－ 사랑과－ 행복을
진정 찾을 수 있다고 믿는
그 마음이 어린애처럼 귀엽지 않소

나도 그를 따라 풀잎을 헤쳐 보았소
찾으면 복되다는 네 잎을 못 얻은 서운한 마음

이름 모를 작은 꽃 하나
따서 옷가슴에 꽂았소-

지나던 이 보고 그 이름 물망초라기
빼어서 냇가에 던졌소
던졌으니 그만일 것이- 왜 마음은 서운하오……

소녀

〈어디를 가십니까〉
노타이 청년의 평범한 인사에도
포도주처럼 흥분함은
무슨 까닭입니까
머지않아 아가씨 가슴에도
누가 산도야지를 놓겠구려

밤의 찬미

삶의 즐거움이여! 삶의 괴로움이여!
이제는 아우성소리 그쳐진 밤
죽은 듯 다 잠들고 고요한 깊은 밤

미움과 시기의 낚시눈[13]도 감기고
원수와 사랑이 한 가지 코를 고나니
밤은 거룩하여라 이 더러운 땅에서도
이 밤만은 별 반짝이는 저 하늘과
그 깨끗함을— 그 향기를— 겨누나니

오! 밤 거룩한 밤이여
영원히 네 눈을 뜨지 말지니

---

13) 낚시바늘처럼 눈꼬리가 꼬부라져 올라간 눈.

네가 눈뜨면 고통도 눈 뜨리
밤이여 네 거룩한 베개를 빼지 말고
고요히 고요히 잠들어버려라

고궁

비바람 자욱이 아롱진 기인 담
깨어진 기와 위를 담쟁이 넝쿨이
꺼멓게 기는 흰 낮
〈상하인개하마(上下人皆下馬)[14]〉의 비석은 서 있기 열적어 하고

화려한 꿈이 흘러간 뒤 더 적적한 네거리
단청도 낡은 궁궐 앞엔
병문 인력거꾼들의 오수(午睡)가 깊고
지나는 사람 중에는 아무도 옛날을 얘기하는 이 없다

---

14) "이곳을 지나는 사람은 상하를 막론하고 말에서 내려라"라는 뜻.

박쥐

기인 담 밑에 옹송그리고 누워 있는 집 없는 아이들
바람이 소스라치게 기어들 때마다
강아지처럼 웅웅대며 서로의 체온을 의지한다.

박쥐의 날개를 얼리는 밤—
청동화롯가엔 두 모녀의 이야기가
찬 재를 모으며 흩으며 잠들 줄 모른다
아들의 굳게 다문 입술이 떨리며
눈물을 삼키고 떠나던 밤— 그 밤의 광경이
어머니의 가슴엔 아프게 새겨졌다

해가 바뀌는 밤 늙은 어머니는
아들의 이름을 중얼거리며 눈물짓다

젊은이가 떠난 뒤 이런 밤이 세 번째

같은 하늘 낯선 땅 한구석에선
조국을 원망하나 미워하지 못하는
정(情)의 칼에 어여지는 아픈 가슴이 있으리……

호외

큰 불이라도 나라 폭탄 사건이라도 생겨라
외근에서 들어오는 전화가
비상(非常)하기를 바라는 젊은 편집자
그는 잔인한 인간이 아니다
저도 모르게 되어진 슬픈 기계다

그 불이 방화가 아니라 보고될 때
젊은이의 마음은 서운했다
화필이 재빠르게 미끄러진다
잠바— 노타이— 루바쉬카[15]의 청년— 청년—
싱싱하고 미끈한 양(樣)[16]들이
해군복이라도 입히고 싶은 맵시다

---

15) 루바슈카. 러시아의 전통의상.
16) 1. 양식(樣式). 2. 양상(樣相).

오늘은 또 저 붓끝이 몇 사람을 찔렀느냐
젊은이 수기(手記)에 참화가 있는 날
그날은 그날은 무서운 날일지도 모른다

반려

도무지 길들일 수 없는 내 나귀일레
오늘도 등을 쓸어주며
노여운 눈물이 핑 돌았다
그래도 너와 함께 가야 한다지……

밤이면 우는 네 울음을 듣는다
내 마음을 받을 수 없는
네 슬픈 성격을 나도 운다

가을의 구도

가을은 깨끗한 시악시처럼
맑은 표정을 하는가 하면 또
외로운 여인네같이 슬픈 몸짓을 지녔습니다
바람이 수수밭 사이로
우수수 소리를 치며 설레고 지나는 밤엔

들국화가 달 아래 유난히 희어 보이고
건넛마을 옷 다듬는 소리에
차가움을 머금었습니다
친구여! 잠깐 우리가 멀리 합시다
호수 같은 생각에 혼자 가마안히
잠겨 보고 싶구려……

사슴

모가지가 길어서 슬픈 짐승이여
언제나 점잖은 편 말이 없구나
관이 향기로운 너는
무척 높은 족속이었나 보다

물속의 제 그림자를 들여다보고
잃었던 전설을 생각해 내고는
어찌할 수 없는 향수에
슬픈 모가지를 하고 먼 데 산을 쳐다본다

귀뚜라미

몸 둔 곳 알려서는 드을[17] 좋아—
이런 모양 보여서도 안 되는 까닭에
숨어서 기나긴 밤 울어 새웁니다

밤이면 나와 함께 우는 이도 있어
달이 밝으면 더 깊이 숨겨둡니다
오늘도 저 섬돌 뒤
내 슬픈 밤을 지켜야합니다

17) 덜.

말 않고 그저 가려오

말보다 아름다운 것으로 내 창을 두드려놓고
무거운 침묵 속에 괴로워 허덕이는
인습의 약한 아들을 내 보건만
생명이 다하는 저 언덕까지 깨지 못할 꿈이라기
나는 못 본 체 그저 가려오

호젓한 산길 외롭게 떨며 온 나그네
아늑한 동산에 들어 쉬라 하니
이 몸이 찢겨 피 흐르기로
그 길이 험하다 사양했으리—

〈생〉의 고적산 거리서 그대 날 불렀건만
내 다리 떨렸음은—
땅 위의 가시밭도 연옥의 불길도 다 아니었소

말없이 희생될 순한 양 한 마리
……다만 그것뿐이었소……

위대한 아픔과 참음이 그늘지는 곳
영원한 생명이 깃들일 수 있나니
그대가 나어준 푸른 가닥 고운 실로
내 꿈길에 수놓아가며 나는 말 않고 그저 가오
못 본 체 그냥 가리오……

밤차

사슬잠을 소스라쳐 깨어나니
불이 홀로 밤을 새워 울다 둔 방을 지켰구나
어젯밤 기어이 북으로 떠난 차
지금쯤은 먼 들의 어느 역을 지나노?

보내고 돌아오니 잊은 것도 많건만
차창 곁에 걸린 국경의 지명을 읽자마자
배웠던 방언도 갑자기 굳어버려
발끝만 굽어보며 감 물든 입은
해야 될 한마디도 발언을 못했다

장날

대추 밤을 돈 사야 추석을 차렸다
이십 리를 걸어 열하룻장을 보러 떠나는 새벽
막내딸 이쁜이는 대추를 안 준다고 울었다

절편 같은 반달이 싸리문 위에 돋고
건너편 성황당 사시나무 그림자가 무시무시한 저녁
나귀 방울에 지껄이는 소리가 고개를 넘어 가까워
지면
이쁜이보다 삽살개가 먼저 마중을 나갔다

만가(輓歌)

일찍이 걷던 거리엔 그날처럼 사슴이 오고…… 가고……
모퉁이 약국집 새장의 라빈도 우는데—
이 거리로 오늘은 상여(喪輿)가 한 채 지나갑니다

요령을 흔들며 조용히 지나는 덴 낯익은 거리들……
엄숙히 드리운 검은 포장 속엔
벌써 시체 된 그대가 냄새 납니다

그대 상여 머리에 옛날을 기념하려
흰 장미와 백합을 가드윽히 얹어
향기로 내 이제 그대의 추기[18]를 고이 싸려 하오

성지(城址)

머루와 다래가 나는 산골에 자란 큰애기라
혼자서 곧잘 산에 오르기를 좋아합니다
깨어진 기와 편(片)에서 성터의 옛 얘기를 주우며
입 다문 석문(石門)에 삼켜버린 전설을 바라봅니다

하늘엔 흰구름이 흘러 흘러가고—
젊은이의 가슴은 애수가 지그읏이 무는 가을

서반아[19]풍의 기인 머리를 땋아 두른
여인은 지나간 꿈을 뒤적거립니다
실은 서럽지도 않은 이야기들인 것이
저 벌레와 함께 이처럼 울고 싶어집니다

---

18) 추깃물. 송장이 썩어서 흐르는 물.
19) '에스파냐'의 음역어.

하기사 그때도 이렇게 갈대가 우거지고
들국(菊)이 핀 언덕—
동(東)으로 낮차가 달리는 곳—
두 줄 철로를 말없이 바라보았지라우

출범

기선이 떠나고 난 항구에는
끊어진 테잎들만 싱겁게 구을르고
아무렇지도 않았던 것처럼……
바다는 다시 침묵을 쓰고 누웠다

마녀의 불길한 예언도 없었건만
건너기 어려운 바다를 사이에 두기로 했다
마지막 말을 삼키고……
영영 떠나보내는 마음도 실은 강하지 못했다
선조 때 이 지역은 저주를 받은 일이 있어
비극이 머리 들기 쉬운 곳이란다

검푸른 칠월의 바닷가 모랫불[20]—
늙은 소라 껍데기 속엔 이야기 하나가 더 불었다

물을 차는 제비처럼 가벼웠으면…… 하나
마음의 마음은 광주리 속을 자꾸 뒤적거려
배가 나간 뒤도 부두를 떠나지 못하는 부은 맘은
바다 저편에 한여름 흰 꿈을 새우다

20) '모래부리'의 북한어. 모래부리. 사취. 모래가 해안을 따라 운반되다가 바다 쪽으로 계속 밀려 나가 쌓여 형성되는 해안 퇴적 지형. 한쪽 끝이 모래의 공급원인 육지에 붙어 있는 것이 특색이다.

길

솔밭 사이로 솔밭 사이로 걸어 들어가자면
불빛이 흘러나오는 고가(古家)가 보였다

거기—
벌레 우는 가을이 있었다
벌판에 눈 덮인 달밤도 있었다

흰 나리꽃 향을 토하는 저녁
손길이 흰 사람들은
꽃술을 따 문 병풍의
사슴을 이야기했다

솔밭 사이로 솔밭 사이로 걸어가자면
지금도

전설처럼
고가(古家)엔 불빛이 보이련만

숱한 이야기들이 생각날까봐
몸을 소스라침은
비둘기같이 순한 마음에서……

망향

언제든 가리라
마지막엔 돌아가리라
목화꽃이 고운 내 고향으로—

아이들이 한울타리 따는 길머리론
계림사(鷄林寺) 가는 달구지가 조을며 지나가고
대낮에 잔나비가 우는 산골

등잔 밑에서
딸에게 편지 쓰는 어머니도 있었다

둥굴레산(山)에 올라 무룻[21]을 캐고

---

21) '무룻'의 오기로 추정. 무릇. 백합과의 여러해살이풀.

접중화[22] 싱아[23] 빽국채[24] 장구채[25] 범부채[26]
마주재 기룩이
도라지 곰취 참두릅 개두릅[27]을 뜯던 소녀들은
말끝마다 〈꽈〉 소리를 찾고
개암쌀을 까며 소년들은
금방맹이 놓고 간 도깨비 얘길 즐겼다

목사가 없는 교회당
회당지기 전도사가 강도(講道)상을 치며 설교하던
촌(村)

22) 접중화. '접시꽃'의 북한어.
23) 마디풀과의 여러해살이풀.
24) '뻐꾹채'의 오기로 추정. 뻐꾹채. 국화과의 여러해살이풀.
25) 석죽과의 두해살이풀.
26) 붓꽃과의 여러해살이풀.
27) 음나무 가지에 돋은 새순.

그 마을이 문득 그리워
아라비아서 온 반마(斑馬)[28]처럼 향수에 잠기는
날이 있다

언제든 가리
나중엔 고향 가 살다 죽으리

메밀꽃이 하이얗게 피는 곳
조밥과 수수엿이 맛있는 고을
나뭇짐에 함박꽃을 꺾어 오던 총각들
서울 구경이 소원이더니
차를 타 보지 못한 채 마을을 지키겠네

---

28) 얼룩무늬가 있는 말.

꿈이면 보는 낯익은 동리
우거진 덤불(叢)에서
찔레순을 꺾다 나면 꿈이었다

남사당

나는 얼굴에 분을 하고
삼단같이 머리를 따 내리는 사나이

초립[29]에 쾌자[30]를 걸친 조라치[31]들이
날라리를 부는 저녁이면
다홍치마를 두르고 나는 향단이가 된다

이리하여 장터 어느 넓은 마당을 빌려
램프불을 돋운 포장(布帳) 속에선
내 남성(男聲)이 십분 굴욕된다

29) 예전에, 주로 어린 나이에 관례를 한 사람이 쓰던 갓. 썩 가늘고 누런 빛깔이 나는 풀이나 말총으로 결어서 만들었다.
30) 소매가 없고 등솔기가 허리까지 트인 옛 전투복. 근래에는 복건과 함께 명절이나 돌에 어린아이가 입는다.
31) 취라치. 조선 시대에, 군대에서 나각을 불던 취타수.

산 너머 지나온 저 촌엔
은반지를 사 주고 싶은
고운 처녀도 있었건만

다음날이면 떠남을 짓는
처녀야
나는 집시의 피였다
내일은 또 어느 동리로 들어간다냐

우리들의 도구를 실은
노새의 뒤를 따라
산딸기와 이슬을 털며
길에 오르는 새벽은

구경꾼을 모으는 날라리 소리처럼
슬픔과 기쁨이 섞여 핀다

푸른 오월

청자 빛 하늘이
육모정[32] 탑 위에 그린 듯이 곱고
연못 창포 잎에
여인네 맵시 위에
감미로운 첫여름이 흐른다

라일락 숲에
내 젊은 꿈이 나비처럼 앉는 정오
계절의 여왕 오월의 푸른 여신 앞에
내가 웬일로 무색하고 외롭구나

밀물처럼 가슴 속으로 몰려드는 향수를

32) 육각정. 여섯 개의 기둥으로 여섯 모가 나게 지은 정자.

어찌하는 수 없어
눈은 먼 데 하늘을 본다

기인 담을 끼고 외따른 길을 걸으며 걸으며
생각이 무지개처럼 핀다

풀냄새가 물큰
향수보다 좋게 내 코를 스치고

청머루 순이 뻗어 나오던 길섶
어디메선가 한나절 꿩이 울고
나는
활나물[33] 혼잎나물 적갈나물 참나물을 찾던-
잃어버린 날이 그립지 아니한가 나의 사람아

아름다운 노래라도 부르자
서러운 노래를 부르자

보리밭 푸른 물결을 헤치며
종달새모양 내 마음은
하늘 높이 솟는다

오월의 창공이여
나의 태양이여

---

33) 콩과의 한해살이풀.

첫눈

은빛 장옷[34)]을 길게 끌어
흰 마을을 회게 덮으며
나의 신부가
이 아침에 왔습니다

사뿐사뿐 걸어
내 비위에 맞게 조용히 들어왔습니다

오래간만에
내 마음은
오늘 노래를 부릅니다
잊어버렸던 노래를 부릅니다

---

34) 예전에, 여자들이 나들이할 때에 얼굴을 가리느라고 머리에서부터 길게 내려 쓰던 옷.

자ㅡ 잔들을 높이 드시오
빨간 포도주를
내가 철철 넘게 치겠소

이 좋은 아침
우리들은 다 같이 아름다운 생각을 합시다

종도 꾸짖지 맙시다
애기들도 울리지 맙시다

장미

맘 속 붉은 장미를 우지직끈 꺾어 보내 놓고
그날부터 내 안에선 번뇌가 자라다

늬 수정 같은 맘에
나
한 점 티 되어 무겁게 자리하면 어찌하랴

차라리 얼음같이 얼어버리련다
하늘보다 나무모양 우뚝 서버리련다
아니
낙엽처럼 섧게 날아가 버리련다

새날

고운 아침입니다

파아란 하늘 아래
기와들이 유난히 빛나고—

마음속엔 한아름 장미가 피어 오릅니다

오랜만에
부드러운 정과 웃음과 흥분 속에 다시
사람들은 안에서 〈희망〉이
포기포기 무성하고

나 이제 호수 같은 마음자리를 하고
조용히 남창(南窓)을 열어 수선(水仙)과 함께
〈새날〉의 다사로운 날빛을 함뿍 받으렵니다

묘지

이른 아침 황국(黃菊)을 안고
산소를 찾은 것은
가랑잎이 빨가니 단풍 드는 때였다

이 길을 간 채 그만 돌아오지 않은 너
슬프다기보다는 아픈 가슴이여

흰 패목[35]들이
서러워 악보처럼 널려 있고
이따금 빈 우차(牛車)가 덜덜대며 지나는 호젓한 곳

황혼이 무서운 어두움을 뿌리면

---

35) 팻말.

내 안에 피어오르는

산모퉁이 한 개 무덤

비애가 꽃잎[瓣]처럼 휘날린다

한정

헌 털배로 벌거숭이 몸을 가린 내인들이
지친 인어처럼 늘어졌다

하나같이 낡은 한증 두께[36]가
거렁뱅이들을 만들어놨다

용로(鎔爐)[37]같이 빨겋게 단 한증 안은
불지옥엘 온 것 같다
무덤 속도 같다

숨이 턱턱 막히는데
어느 구석에선

36) '뚜껑'의 방언(제주, 충남).
37) 용광로.

〈감내기〉[38]를 명주실처럼 뽑아낸다

나는
뻘건 천정(天井)이 대자꾸[39]
무서워진다

38) 자진아리. 서도 소리의 하나.
39) '자꾸'의 방언(황해).

수수깜부기

깜부기는 비가 온 뒤라야 잘 팼다
아이들이 깜부기를 찔러
참새떼처럼 수수밭으로들 밀려갔다

밭고랑에 가 들어서
꼭대기를 쳐다보다

희끗 깜부기를 찾아내는 때는
수숫대는 사정없이 휘며 숙여졌다

깜부기를 먹고 난 입은
까암해 자랑스러웠다

잔치

호랑 담요를 쓰고 가마가
윗동리서 아랫몰로 내려왔다

차일을 친 마당 멍석 위엔
잔치국수상이 벌어지고

상을 받은 아주마니들은
이차떡[40]에 절편에 대추랑 밤을 수건에 쌌다

대례를 지내는 마당에선
장옷을 입은 색시보다도 나는
그 머리에 쓴 칠보족두리가 더 맘에 있었다

40) '인절미'의 방언(평안).

여인부(女人賦)

미용사에게
결발(結髮)[41]을 얽히는 대신
무릇 여인이여
온달에게서 〈바보〉를 배우라
총명한 데에 여인은
가끔 불행을 지녔다

진실로 아리따운 여인아
네 생각이 높고 맑기
저 구월(九月)의 하늘같고

가슴에 지닌 향낭[42]보다

41) 관례를 할 때 상투를 틀거나 쪽을 찌던 일. 또는 그렇게 한 머리.
42) 향주머니.

너는 언제고 마음이 더 향그러워라

여인 중에
학처럼 몸을 갖는 이가 있어 보라
물가 그림자를 보고
외로워도 좋다

해연(海燕)[43]은 어디다
집을 짓는지 아느냐

43) 바다제비.

향수

오월의 낮 차가
배추꽃이 노오란 마을을 지나면
문득
상아(싱아?)를 캐던 고향이 그리워

타관의 산을 보며
마음은
서쪽 하늘의 구름을 따른다

돌잡이

수수경단에 백설기 대추송편에 꿀편
인절미를 색색이로 차려놓고

책에 붓에 쌀에 은전 금전
갖은 보화를 그뜩 싸 논 돌상 위에
할머니는 사리사리 국수 놓시며
할아버진 청실홍실을 늘려 활을 놔주셨다

온 집안사람의 웃는 눈을 받으며
전복에 복건 쓴 애기가 돌을 잡는다

고사리 같은 손은 문장이 된다는 책가를 스쳐
장군이 된다는 활을 꽉 잡았다

춘향

검은 머리채에 동양여인의 〈별〉이 깃든다

〈도련님 인제 가면 언제나 오실라우 벽에 그린 황계[44] 짧은 목
길게 늘여 두 날개 탁탁 치고 꼭꾜하면 오실라우
(연갈이한 것인지??확인요망)
계집의 높은 절개 이 옥지환과 같을 것이오 천만년이 지나간들
옥빛이야 변할납디여〉
옥가락지 위에 아름다운 전설을 걸어 놓고
춘향은
사랑을 위해 달게 형틀을 졌다

44) 털빛이 누런 닭.

옥 안에서 그는 춘(椿)[45]꽃보다 더 짙었다

밤이면 삼경을 타 초롱불을 들고 향단이가 찾았다
춘향 〈야아 향단아 서울서 뭔 기별 업디야〉
향단 〈기별이라우? 동냥치 중에 상동냥치 돼 오셨어라우〉
춘향 〈야야 그것이 뭔 소리라냐ㅡ
행여 나 없다 괄세 말고 도련님께 부디 잘해 드려라〉

무릇 여인 중
너는

---

45) 참죽나무. 멀구슬나뭇과의 낙엽 활엽 교목.

사랑할 줄 안
오직 하나의 여인이었다

눈 속의 매화 같은 계집이여
칼을 쓰고도 너는 붉은 사랑을 뱉어 버리지 않았다
한양 낭군 이도령은 쑥스럽게
〈사또〉가 되어 오지 않아도 좋았을 게다

창변(窓邊)

서리 내린
지붕 지붕엔 밤이 앉고

그 안엔 꽃다운 꿈이 뒹굴고

뉘 집인가 창이 불빛을 한입 물었다
눈비탈이
하늘 가는 길처럼 밝구나

그 속엔 숱한 얘기들을 줍고 있으면
어려서 잊어버린 〈집〉이 살아났다

창으로 불빛이 나오는 집은 다정해
볼수록 정다워

저 앞엔 엄마가 있고

아버지도 살고

그리하여 형제들은 다행(多幸)하고－

춘분

한 고방[46] 재어 놨던 석탄이 휑하니 나간 자리
숨었던 봄이 드러났다

얼래[47] 시골은 지금 뱀 나왔갔늬이

남쪽 계집아이는 제 집이 생각났고
나는 고양이처럼 노곤하다

46) '광'의 원말.
47) 감탄사. 어.

동기(同氣)

언니와
밤을 밝히던 새벽은
〈성사(聖赦)〉[48]를 받는 것 같다
내 야윈 뺨엔 눈물이 비 오듯 했다

지금도 생각하면 눈이 뜨거워—
언니가 보고 지워 떠나가는 날은
천릿길을 주름잡아 먼 줄을 몰라

감나무 집집이 빠알간 남쪽
말들이 거세어 이방(異邦)도 같건만
언니가 산대서

48) 성스럽게 용서를 받는 것.

그곳은 늘상 마음에 그리운 곳—

오늘도 남쪽에서 온 기인 편지
읽고 읽으면 구슬픈 사연들
〈불이나 뜨뜻이 때고 있는지
외따로 너를 혼자 두고
바람에 유리문들이 우는 밤엔 잠이 안 온다〉

두루마지[49]를 잡은 채
눈물이 피잉 돌았다

49) ‘두루마리’의 방언.

아-무도 모르게

아-무도 모르게 뉘도 몰래
멀리 멀리 가 버리고 싶은 날이 있어
메에 올라 낯익은 마을을 굽어 보다

빨-간 고추가 타는 듯 널린 지붕이-
째이를 잡는 아이들의 모습이-
차마 눈에서 안 떨어져

한나절을 혼자 산 위에 앉아 보다

녹원(鹿苑)

눈보라를 맞으며 공원을 걷는다
눈보라를 맞으며 공원을 걷는다

붉은 산다화[50] 꽃술을 따 들고
서투르게 사슴을 불러본다

사슴과 놀다 보니
괜히 슬퍼
사슴을 데리고 사진을 찍다

— 나라 공원(奈良公園)에서

50) 동백꽃.

저녁 별

그 누가 하늘에 보석을 뿌렸나
작은 보석 큰 보석 곱기도 하다
모닥불 놓고 옥수수 먹으며
하늘의 별을 세던 밤도 있었다

별 하나 나 하나 별 두울 나 두울
논 뜰엔 당옥새 구슬피 울고
강낭 수숫대 바람에 설렐 제
은하수 바라보면 잠도 멀어져

물방아 소리- 들은 지 오래-
고향하늘 별 뜬 밤 그리운 밤
호박꽃 초롱에 반딧불 넣고
이즈음 아이들도 별을 세는지

하일산중(夏日山中)

보리 이삭들이 바람에 물결칠 때마다
어느 밭고랑에서 종다리가 포루룽 하늘로 오를 것 같다

노도랑을 건너고 밭머리를 휘돌아
동구릉(東九陵) 가는 길을 물으며 물으며 차츰
산속으로 드는 낯은 그림 속의 선인(仙人)처럼

내가 맑고 한가하다
낮이 기운 산중에서 꿩 소리를 듣는다
다홍 댕기를 칠칠 끄는 처녀 같은 맵시의 꿩을 찾다 보면
철쭉꽃이 불그레하게 펴 있다

초록물이 뚝뚝 듣는 나무들이 그늘진 곳에
활나물 대나물[51] 미일대를 보며
— 나는 배암이 무서워 칡순을 따 머리에 꽂던 일이며
파아란 가랑잎에 무릇을 받아먹던 일이며
도토리에 콩가루를
발라 먹던 산골 얘기를 생각해낸다—

어디서 꿩알을 얻을 것 같은 산속
〈숙(淑)〉은 산나물 꺾는 게 좋고 난 〈송충〉이가 무섭고—

---

51) 석죽과의 여러해살이풀.

한 치도 못 되는 벌레에게 다닥뜨릴[52] 때마다
이처럼 질겁을 해 번번이 못난이 짓을 함은

진정 병신성스러우렷다[53]
솔밭을 헤어나 첫째 능에 절하고 들어 잔디 위에
다리를 쉰다

천년 묵은 여우라도 나올 성부른 태고적 조용한 낮
내가 잠깐 현기(眩氣)를 느낀다

52) (기)다닥뜨리다. 서로 닿아서 마주치다.
53) (기)병신성스럽다. 병신처럼 못나고 어리석다.

별을 쳐다보며

나무가 항시 하늘로 향하듯이
발은 땅을 딛고도 우리
별을 쳐다보며 걸어갑시다

친구보다
좀 더 높은 자리에 있어 본댔자
명예가 남보다 뛰어나 본댔자
또 미운 놈을 혼내 주어 본다는 일
그까짓 것이 다- 무엇입니까

술 한 잔만도 못한
대수롭잖은 일들입니다
발은 땅을 딛고도 우리
별을 쳐다보며 걸어갑시다

검정나비

너를 피해 달음질치기 열 몇 해
입 축일 샘가 하나 없는 길
자갈돌 발부리 차 피 내며
죽기로 달리다

문득 고개 돌리니
너는 내 그림자— 나를 따랐구나
내려앉은 꽃잎모양
상장(喪章)과도 같이

나 이제
네 앞에 곱게 드리워지나니
오— 나의 마지막 날은 언제냐

아름다운 얘기를 하자

아름다운 얘기를 좀 하자
별이 자꾸 우리를 보지 않느냐

닷돈짜리 왜떡[54]을 사 먹을 제도
살구꽃이 환한 마을에서 우리는 정답게 지냈다

성황당 고개를 넘으면서도
우리 서로 의지하면 든든했다
하필 옛날이 그리울 것이냐만
늬 안에도 내 속에도 시방은
귀신이 뿔을 돋쳤기에

---

54) 밀가루나 쌀가루를 반죽하여 얇게 늘여서 구운 과자.

병든 너는 내 그림자
미운 네 꼴은 또 하나의 나

어쩌자는 얘기냐, 너는 어쩌자는 얘기냐
별이 자꾸 우리를 보지 않느냐
아름다운 얘기를 좀 하자

어떤 친구에게

같은 별 아래 태어난 여인이기에
너와 나는 함께 울었고 같이 웃었다
너를 찾아 밤길을 간 것도
내 가슴을 펼 수 있는 네 가슴이었기—

대학 교정에서 그대를 만났을 제
내 눈은 신록을 본 듯 번쩍 띄었고
손길을 잡게 되던 날 내 가슴은 뛰었었나니
그대와 나는 자매별모양 빛났더니라

어떤 사람 너를 더 빛난다 했고
다른 이 또 나를 더 좋다 했다

너와 나 같은 동산에 서지 않았던들

너 나를 이런 곳에 밀어 넣지는 않았을 것이고

우리는 얼마나 더 정다웠으랴

산염불(山念佛)[55]

산염불소리 꺾이어 넘어가면
커-단히 떠오르는 얼굴 있어
우정[56] 산염불 틀어 놓고는
우는 밤이 있어라

비인 주머니하고 풀 없이 다니던 일
쩌릿하니 가슴에다 못을 친다
지금쯤 어늬
쥐도 새끼를 안 친다는 그 땅광[57]에서
남쪽 한늘 그리며
큰 눈 꺼벅이고 있는지
겁먹은 눈을 뜬 채 또 쓰러져 버렸는지-

---

55) 서도 민요의 하나. 완전오도 위에 단삼도를 쌓은 선법(旋法)으로, 중모리장단으로 부르며 길게 뽑는 가락이 구성지다.
56) '일부러'의 방언(강원).
57) 뜰이나 집채 아래에 땅을 파서 만든 광.

별은 창에

잘 드는 비수로 가슴속 샅샅이 헤쳐보아도
내 마음 조국을 잊어본 일 정녕 없거늘
어인 일로 나 이제 기막힌 패를 달고
여기까지 흘러 왔느냐

단잠을 앗아간 지리한[58] 밤들이
긴 짐승 모양 징그럽게 감겨들고
밝기를 기다리는 괴로운 시시각각
한숨과 더불어 몸 뒤적이면

철창은 바람에 울고
밤이슬 소리 없이

58) 지루한.

유리창에 눈물짓는 새벽

별은 창마다

그믐날

청각과 취각이 이처럼 발달하랴
인가가 어딘데 기름 냄새를 맡아 들이느냐
사뭇 환장을 하려 든다
어머니가 생각난 소녀
아이들이 보고 싶어진 어머니
이 구석 저 구석에 울음 빚이다

내사 아무렇지도 않다
징그러운 이 해가 가는 것만 좋다
어서 새해가 밝아라
떡국이 없음 어떠냐 그저 새해가 밝아라

유령 같은 친구들이 웅기중기 앉아
꿈 해몽이 아니면

날마다 일과는 어찌 그리 음식 얘기냐
입으로 수수엿을 고고 두테떡을 만든다
언제 나가서 이런 걸 다시 해보느냐고
경주 아주머니는 또 눈물을 닦는다

누가 알아주는 투사냐

자신 없는 훈장이 내게 채워졌다
어울리지 않는 표창이다
오등(五等) 콩밥과 눈물을 함께 씹어 넘기며
밤이면 다리 팔 떼어놓고 싶게
좁은 잠자리에 주리 틀리우고
날이 밝으면 날이 날마다 걸어보는 소망
이런 하루하루가 내 피를 족족 말리운다
이런 것 다 보람 있어야 할 투사라면
차라리 얼마나 값 있으랴만

나는 무엇을 위해 이 고초를 받는 것이냐
누가 알아주는 투사냐

붉은 군대의 총부리를 받아

대한민국의 총부리를 받아
새빨가니 뒤집어쓰고
감옥에까지 들어왔다
어처구니없어라 이는 꿈일 게다
진정 꿈일 게다

밤새 전선줄이 잉잉대고 울면
감방 안에서 나도 운다
땟국 젖은 겹옷에서 두고 온 집 냄새를
움켜 마시며 마시며
어제도 꿈엔 집엘 가보았다

언덕

창으로 하늘이 들어온다
눈만 뜨면 내다보는 언덕
소나무가 서너 개 아무것도 없다
오늘도 소나무가 서너 개 아무것도 안 뵌다

방안 풍경이 보기 싫어
온종일 언덕을 바라본다
사람이 지나가면 눈이 다 밝아진다

전봇대 모양 우뚝 선 사람이 둘
혹시 나 아는 이가 아닐까

가슴이 답답하면 언덕을 본다
눈물이 나면 언덕을 본다

이방(異邦) 같애 쓸쓸하면 언덕을 본다
언니랑 조카가 보고프면 언덕을 본다

거지가 부러워

온 방안 사람이 거지를 부럽단다
나도 거지가 부러워졌다
빌어먹으면 어떠냐
자유! 자유만 있다면

저 햇볕 아래 깡통을 들고도
저들은 자유로울 것이 아니냐
네가 무엇을 원하느냐 묻는다면
나는

첫째로 자유
둘째로 자유
셋째도 자유라 하겠다

개 짖는 소리

개 짖는 소리가 들려온다
아는 이의 음성처럼 반갑구나
인가가 여기선 가까운가 보다

개 짖는 소리를 듣고 있으면
식구들 신발이 툇돌 위 나란히 놓인
어느 집 다행(多幸)한 정경이 떠오른다

날이 새면 부엌엔 밥김이 어리고
화롯가엔 찌개가 보글보글 끓고
할머니는 잔소리를 해도 좋을 게다

새벽녘 개 짖는 소리는
인가의 정경을 실어다 준다

감방 안에서 생각하는 바깥은
하나같이 행복스럽기만 하다

짐승 모양

우리 안에 넣어놓으면
짐승이 되나보다
할머니와 젊은 여인이
짐승 모양 으르릉댄다

창구멍으로 밥이 들어올 제
잠자리를 잡을 제면
오구탕[59]치듯 굿을 하고
문밖에서 〈호랑이〉 간수의 채찍이 운다

이 사람들을 면할 도리는 없는 일
감옥 속에 또 감옥살이가 있다

---

59) 매우 요란스럽게 떠드는 짓.

고별

어제 나에게 찬사와 꽃다발을 던지고
우뢰 같은 박수를 보내 주던 인사들
오늘은 멸시의 눈초리로 혹은 무심히
내 앞을 지나쳐 버린다

청춘을 바친 이 땅
오늘 내 머리에는 용수[60]가 씌워졌다

고도(孤島)에라도 좋으니 차라리 머언 곳으로—
나를 보내 다오
뱃사공은 나와 방언이 달라도 좋다

60) 죄수의 얼굴을 보지 못하도록 머리에 씌우는 둥근 통 같은 기구.

내가 떠나면
정든 책상은 고물상이 업어 갈 것이고
애끼던 책들은 천덕구니[61]가 되어 장터로 나갈 게다

나와 친하던 이들 또 나를 시기하던 이들
잔을 들어라 그대들과 나 사이에
마지막인 작별의 잔을 높이 들자

우정이라는 것 또 신의라는 것
이것은 다 어디 있는 것이냐
생쥐에게나 뜯어먹게 던져 주어라

---

61) 천덕꾸러기.

온갖 화근이었던 이름 석자를
갈기갈기 찢어서 바다에 던져 버리련다
나를 어느 떨어진 섬으로 멀리 멀리 보내다오

눈물어린 얼굴을 돌이키고
나는 이곳을 떠나련다
개 짖는 마을들아
닭이 새벽을 알리는 촌가(村家)들아
잘 있거라

별이 있고
하늘이 보이고
거기 자유가 닫혀지지 않는 곳이라면—

이름없는 여인 되어

어느 조그만 산골로 들어가
나는 이름 없는 여인이 되고 싶소
초가지붕에 박넝쿨 올리고
삼밭엔 오이랑 호박을 놓고
들장미로 울타리를 엮어
마당엔 하늘을 욕심껏 들여놓고
밤이면 실컷 별을 안고

부엉이가 우는 밤도 내사 외롭지 않겠소
기차가 지나가 버리는 마을
놋양푼에 수수엿을 녹여 먹으며
내 좋은 사람과 밤이 늦도록
여우 나는 산골 애기를 하면
삽살개는 달을 짖고
나는 여왕보다 더 행복하겠소

장미는 꺾이다

석류 벌어지는 소리 들리는 낮
장미 같은 여인은 떠나가다

〈내가 시각이 급한데 큰일이다
천주님이 어서 날 불러주어야 할 낀데〉

성당의 낮 종이 울려오기 전
골롬바는 예수의 고상[62]을 꼭 쥐고
자는 듯이 눈을 감았다
스물하고 둘
장미 우지끈 꺾이다

62) 십자고상. 십자가에 못 박힌 예수의 수난을 그린 그림이나 새긴 형상.

너 이제사
괴롭던 육신을 벗어버렸구나
사랑하던 이들—
아끼던 것들—
다 놓고 빈손으로 혼자 떠나버렸다

하늘엔 흰구름만이 떠난다

캐피털 웨이

샅샅이 드러내놓는
대낮은 고발자
눌러보고 싸주어 아름답게만 보아주는
밤은 연인

시속 십오 마일의 안전 상태로
나 이 밤에 캐피털 웨이를 달린다
낮에 낙엽을 줍던 이도 안 보이고
다람쥐처럼 웅송그리고 밤을 굽던 소년도 그 자리
에 없다

하나 좋은 줄 모르고 날마다 오르내린 이 길이
오늘 밤 유난히 멋지고 곱구나
몇 백 환 택시의 효과여

가로수를 양 옆에 끼고
포도(鋪道)를 미끄러지는 맛이 괜찮구나
보초 대신 칸칸이 늘어선
나의 수박등[63]들의 아름다움이여

개 짖는 집 하나 없는 이 골목을
난 이제 조심조심 들어가야 한다
남의 집 급한 바느질을 하는 모퉁이집 할머니를 위해서
시린 손을 불며 과자 봉지를 붙이는 반장 아저씨를 위해서
기침도 삼키고 나는 근신하며 들어서야 한다

---

63) 대쪽이나 나무쪽으로 얽어 수박 모양의 입체형을 만들고 종이를 발라 속에 초를 켜게 한 등.

봄의 서곡

누가 오는데 이처럼들 부산스러운가요
목수는 널판지를 재며 콧노래를 부르고
하나같이 가로수들은 초록빛
새옷들을 받아들었습니다
선량한 친구들이 거리로 거리로 쏟아집니다
여자들은 왜 이렇게 더 야단입니까
나는 포도(鋪道)에서 현기증이 납니다
삼월의 햇볕 아래 모든 이지러졌던 것들이 솟아오릅니다
보리는 그 윤나는 머리를 풀어 헤쳤습니다
바람이 마음대로 붙잡고 속삭입니다
어디서 종다리 한 놈 포루루 떠오르지 않나요
꺼어먼 살구남기에 곧
올연한 분홍 〈베일〉이 씌워질까 봅니다

아름다운 새벽을

내 가슴에선 사정없이 장미가 뜯겨지고
멀쩡하니 바보가 되어 서 있습니다

흙바람이 모래를 끼얹고는
껄껄 웃으며 달아납니다
이 시각에 어디메서 누가 우나 봅니다

그 새벽들은 골짜구니 밑에 묻혀 버렸으며
연인은 이미 배암의 춤을 추는 지 오래고
나는 혀끝으로 찌를 것을 단념했습니다

사람들 이젠 종소리에도 깨일 수 없는
악의 꽃 속에 묻힌 밤

여기 저도 모르게 저지른 악이 있고
남이 나로 인하여 지은 죄가 있을 겁니다

성모 마리아여
임종모양 무거운 이 밤을 물리쳐 주소서
그리고 아름다운 새벽을

저마다 내가 죄인이노라 무릎 꿇을—
저마다 참회의 눈물 뺨을 적실—
아름다운 새벽을 가져다 주소서

선취(船醉)[64]

언제 떠날지 모르는
삼등 선실에서
나는 질식할 것 모양 가슴이
답답해온다
갑판 위로 좀 나갔으면 하나
내 주머니 속엔 지화(紙貨) 대신 원고지뿐
수건으로 입을 막고 빈사 상태다

이것 좀 봐요
이런 도둑놈들이 있어요 글쎄
바다 밑에서 오는 것 같은
모깃소리만한

---

64) 뱃멀미.

이런 얘기를 들으면서도 또 나는
여전히 자꾸만 메스껍다
눈을 얻다가 주어야 좀 나으랴

유월의 언덕

아카시아꽃 핀 유월의 하늘은
사뭇 곱기만 한데
파라솔을 접듯이
마음을 접고 안으로 안으로만 들다

이 인파 속에서 고독이
곧 얼음모양 꼿꼿이 얼어 들어옴은
어쩐 까닭이뇨

보리밭엔 양귀비꽃이 으스러지게 고운데
이른 아침부터 밤이 이슥토록
이야기해 볼 사람은 없어
파라솔을 접듯이
마음을 접어가지고 안으로만 들다

장미가 말을 배우지 않은 이유를
알겠다
사슴이 말을 안 하는 연유도
알아듣겠다
아카시아꽃 핀 유월의 언덕은
곱기만 한데—

낙엽

간밤에 나는 나무 밑에 들어서
그들의 회의 광경을 보았습니다

플라타너스는 사시나무 떨듯하며
무서운 소리를 내고 있었습니다

밖엘 나서니 바람 한 점 없는
자는 듯 조용한 밤하늘인 것을—

어젯밤 그처럼 웅성거리더니
아침에 발등이 안 뵈게
누우런 잎사귀들을 떨구어놨습니다

시들은 잎사귀를 떨어버리는 데

그렇게 엄숙한 회의를 했군요

겨울을 이겨낼 투사는
하나도 없었나 보죠

플라타너스의 가을밤 회의는
준엄한 것이었습니다

독백

밤은 언제부터인지 안식의 시간이 못되어
눈을 뜨고-
올빼미처럼 눈을 뜨고 깨어 있는 밤

시계소리를 듣기에도 성가신
해초와도 같이 후줄근해진 영혼이여

샹들리에 밑이 어두워서
나는 내 소중한 열쇠를 못 찾고
손수건같이 구겨진 오늘을 응시하며
한밤중 올빼미 모양 일어나 앉아
낙하산의 현기증을 느낀다
무도회는 언제나 지쳐서들 쓰러질 것이냐

꿈속에서 모양 나는 매가리[65]가 하나도 없고
해감[66] 속에서
한 발자국도 옮겨놔지지가 않는다

별도 이제 내 친구는 못 되고
풀 한 포기 나지 못한 허허벌판에서
전투기의 공중선회적 현기증

장밋빛 새벽은 멀다 치고

65) '맥'을 낮잡아 부르는 말.
66) 바닷물 따위에서 흙과 유기물이 썩어 생기는 냄새나는 찌꺼기.

회상

잠 한숨 못 이루게
남산과 북악이 밤새껏 흐느껴 울었음은
천지가 바뀌는 큰 슬픔이었구나

화려하던 도성(都城)은 하루아침
무례한 군화에 짓밟히고
잔약한 백성들 어릿광대모양
얼굴에 칠들을 하고 어색하게 나섰다

골목 좁은 길에서 또 상점 앞에서
일찍이 친구들과 더불어 던졌던 얘기를 주움은
길가에 꽁초를 줍는 이와 같은 아쉬움

가로수도 죽은 듯 공포에 서 있는 오후

가까운 이 하나 볼 수 없는 슬픈 거리여
모든 기관이 정지한 죽은 거리여!
개새끼가 물어간대도 돌아볼 친구 하나 없다

잠 한숨 못 이루게
남산과 북악이 밤새껏 울었음은
천지가 바뀌는 큰 슬픔이었구나

오월의 노래

보리는 그 윤기나는 머리를 풀어 헤치고
숲 사이 철쭉이 이제 가슴을 열었다

아름다운 전설을 찾아
사슴은 화려한 고독을 씹으며
불로초 같은 오후의 생각을 오늘도 달린다

부르다 목은 쉬어
산에 메아리만 하는 이름—

더불어 꽃길을 걸을 날은 언제뇨
하늘은 푸르러서 더 넓고
마지막 장미는 누구를 위한 것이냐

하늘에서 비가 쏟아져라
그리고 폭풍이 불어다오
이 오월의 한낮을 나 그냥 갈 수는 없어라

비련송(悲戀頌)

하늘은 곱게 타고 양귀비는 피었어도
그대일래 서럽고 서러운 날들
사랑은 괴롭고 슬프기만 한 것인가

사랑의 가는 길은 가시덤불 고개
그 누구 이 고개를 눈물 없이 넘었던고
영웅도 호걸도 울고 넘는 이 고개

기어이 어긋나고 짓궂게 헤어지는
운명이 시기하는 야속한 이 길
아름다운 이들의 눈물의 고개

영지 못엔 오늘도 탑 그림자 안 비치고
아사달은 뉘를 찾아 못 속으로 드는 거며
구슬아기 아사녀의 이 한을 어찌 푸나

추풍(秋風)에 부치는 노래

가을바람이 우수수 불어옵니다
신이 몰아오는 비인 마차소리가 들립니다
웬일입니까
내 가슴이 써-늘하게 샅샅이 얼어듭니다

<인생은 짧다>고 실없이 옮겨 본 노릇이
오늘 아침 이 말은 내 가슴에다
화살처럼 와서 박혔습니다
나는 아파서 몸을 추설[67] 수가 없습니다

황혼이 시시각각으로 다가섭니다
하루하루가 금싸라기 같은 날들입니다

---

67) (기)추서다. 1. 병을 앓거나 몹시 지쳐서 허약하여진 몸이 차차 회복되다.
2. 떨어졌던 원기나 기세 따위가 회복되다.

어쩌면 청춘은 그렇게 아름다운 것이었습니까
연인들이여 인색할 필요가 없습니다

적은 듯이 지나 버리는 생의 언덕에서
아름다운 꽃밭을 그대 만나거든
마음대로 앉아 노니다 가시오
남이야 뭐라든 상관할 것이 아닙니다

하고 싶은 일이 있거든 밤을 도와 하게 하시오
총기(聰氣)는 늘 지니어지는 것이 아닙니다
나의 금싸라기 같은 날들이 하루하루 없어집니다
이것을 잠가둘 상아궤짝도 아무것도
내가 알지 못합니다

낙엽이 내 창을 두드립니다
차 시간을 놓친 손님모양 당황합니다
어쩌자고 신은 오늘이사 내게
청춘을 이렇듯 찬란하게 펴 보이십니까

꽃길을 걸어서

그 겨울이 다 가고
산에 갔던 아이들 손엔 할미꽃이 들려졌다
사립문에 기대어 서서
진달래 자욱한 앞산을 바라보면
큰애기의 가슴은 파도모양 부풀어올랐다
사월 큰애기의 꿈은 무지개같이 찬란했다

웬일인지 이 봄엔 삼팔선이 터지고
나갔던 그이가 돌아올 것만 같다
〈갔다 오리다〉
생생하게 지금도 귀에 들린다
군복을 입은 모습
어찌 그리 늠름하고 더 잘나 보였을꼬

그이가 일선으로 나간 뒤부터
뉴-스 영화의 군인들이 모두 다
그이 같아 반가워졌다

주여
이 봄엔 통일을 꼭 가져다 주소서
그리하여
진달래 곱게 핀 꽃길을 걸어서
승전한 그이가 돌아오게 해 주소서

오늘

무엇에 쫓기는 것일까
막다른 골목으로 막다른 골목으로
내가 쫓기는 것만 같다

나를 따르는 것은 빗쟁이도 아니요
미친개도 아니요
더더군다나 원수는 아니다

밤의 안식은 천년의 세월이 덮은 듯 아득한 전설
네거리 횡단길에 선 마음
소음에 신경은 사정없이 진동되고
내 눈은 고달퍼 핏줄이 섰다

밤 천정(天井)의 한 마리의 거미가

보기 좋게 사람을 위협할 수도 있거니

무엇에 쫓기는 것일까
막다른 골목으로 내가 쫓긴다

불안한 날들이 낯선 정거장 모양 다닥치고[68]
털어버릴 수 없는 초조와 우수가
사월의 신록처럼
무성한다

---

68) (기)다닥치다. 1. 서로 마주쳐 닿거나 부딪치다. 2. 일이나 사건 따위가 가까이 이르다.

사슴의 노래

하늘에 불이 났다
하늘에 불이 났다

도무지 나는 울 수 없고
사자같이 사나울 수도 없고
고운 생각으로 지녀 씹을 것은 더 못 되고

희랍적인 내 별을 거느리고
오직 죽음처럼 처참하다
가슴에 꽂았던 장미를 뜯어버리는
슬픔이 커 상장(喪章)같이 처량한 나를
차라리 아는 이들을 떠나
사슴처럼 뛰어다녀보다

고독이 성처럼 나를 두르고
캄캄한 어둠이 어서 밀려오고
달도 없어주

눈이 내려라 비도 퍼부어라

가슴의 장미를 뜯어버리는 날은
슬퍼 좋다
하늘에 불이 났다
하늘에 불이 났다

그대 말을 타고

멀리서 종소리가 들려옵니다
날이 이제 새나 봅니다

천년 같은 기인 밤이었습니다

고독과 어두움이 나를 두르고
모진 바람 채찍모양 내게 감겨들었건만
그대를 기다리며 이 밤을 참았나이다
그대 얼굴은 나의 태양이었나니

외로움에 몸부림치면
커어다란 얼굴 해 주고
밖에서 마음 얼어 들어오면 녹여 주고
한밤중 눈물지면 씻어 주었습니다

어늬 객줏집 마구간
말의 눈엔 새벽달이 비치고
곡마단 계집아이들도 잠이 들었을 무렵
그대를 기다리는 내 기도가 올려졌나이다

이제사 오시렵니까 하마[69] 저제나 오시렵니까
당신의 말굽소리 듣는다면
담박[70]에 내가 십년은 젊어지겠나이다

69) 바라건대. 또는 행여나 어찌하면.
70) 단박.

어머니날

온 땅 위의 어머니들이 꽃다발을 받는 날
생전의 불효를 뉘우쳐
어머니 무덤에 눈물로 드린
안나 자비스[71]의 한 송이 카네이션이
오늘 천 송이 만 송이 몇 억 송이로 피었어라
어머니를 가진 이 빨간 카네이션을 가슴에 달고
어머니 없는 이는 하이얀 카네이션을 달아
〈어머니날〉을 찬양하자

앞산의 진달래도 뒷산의 녹음도
눈 주어볼 겨를 없이
한국의 어머니는 흑노(黑奴)[72] 모양 일을 하고

---

71) 미국의 안나 자비스(Anna Jarvis)가 어머니를 추도하기 위해 흰 카네이션을 바친 일로부터 어머니날이 유래함.

아무 찬양도 즐거움도 받은 적이 없어라
이 땅의 어머니는 불쌍한 어머니
한 알의 밀알이 썩어서 싹을 내거니
청춘도 행복도 자녀 위해 용감히 희생하는
이 땅의 어머니는 장하신 어머니
미친 비바람 속에서도 어머니는 굳세었다
오월의 비췻빛 하늘 아래

오늘 우리들의 꽃다발을 받으시라
대지와 함께 오래 사시어
이 강산에 우리가 피우는 꽃을 보시라

---

72) 흑인 노예(奴隸)를 낮잡아 이르는 말.

작약

그 굳은 흙을 떠받으며
뜰 한구석에서
작약이 붉은 순을 뿜는다

늬도 좀 저 모양 늬를 뿜어보렴
그야말로 즐거운 삶이 아니겠느냐

육십을 살아도 헛사는 친구들
세상 눈치 안 보며

맘대로 산 날 좀 장기(帳記)[73]에서 뽑아보라

---

73) 물건이나 논밭 따위를 팔고 사는 데 관한 품명이나 값 따위를 적어 놓은 글.

젊은 나이에 치미는 힘들이 없느냐
어찌할 수 없이 터지는 정열이 없느냐
남이 뭐란다는 것은
오로지 못생긴 친구만이 문제삼는 것

남의 자(尺)로는 남들 재라 하고
너는 늬 자로 너를 재일 일이다

작약이 제 순을 뿜는다
무서운 힘으로 제 순을 뿜는다

당신을 위해

장미 모양
으스러지게 곱게 피는 사랑이 있다면
당신은 어떻게 하시죠

감히 손에 손을 잡을 수도 없고
속삭이기에는 좋은 나이에 열없고
그래서 눈은 하늘만을 쳐다보면
얘기는 우정 딴 데로 빗나가고
차디찬 몸짓으로 뜨거운 맘을 감추는
이런 일이 있다면 어떻게 하시죠

행여 이런 마음 알지 않을까 하면
얼굴이 화끈 달아올라
그가 모르기를 바라며

말없이 지나가려는 여인이 있다면
당신은 어떻게 하시죠

곡(哭) 촉석루

논개 치마에 불이 붙어
논개 치맛자락에 불이 붙어

논개는 남강 비탈 위에 서서
화신(火神)처럼 무서웠더란다

〈우짜고 오매야! 촉석루가 탄다, 촉석루가〉
마지막 지붕이 무너질 제는
기왓장 내려앉는 소리
온 진주가 진동을 했더란다

기왓장만 내려앉은 게 아니요
고을사람들의 넋이 내려앉았기에
〈비봉산(飛鳳山) 서장대(西將台)[74]〉가 몸부림을

치더란다

조용히 살아가던 조그마한 마을에
이 어쩐 참혹한 재앙이었나뇨

밀어붙인 환한 벌판은
일찍이 우리의 낯익은 상점들이 있던 곳

할매 때부터 정이 든 우리들의 집이 서 있던 자리
문둥이가 우는 밤
진주사 더 섧게 통곡하는 것을
진주사 더 섧게 두견모양 목 메이는 것을

74) 장수가 올라서서 지휘할 수 있도록 산성의 서쪽에 높이 만들어 놓은 대.

나에게 레몬을

하루는 또 하루를 삼키고
내일로 내일로
내가 걸어가는 게 아니오 밀려가오

구정물을 먹었다 토했다
허우적댐은 익사를 하기가 억울해서요

악(惡)이 양귀비꽃마냥 피어오르는 마음
저마다 모종을 못 내서 하는 판에

자식을 나무랄 게 못 되오
울타리 안에서 기를 수는 없지 않소?

말도 안 나오고

눈감아버리고 싶은 날이 있소

꿈 대신 무서운 심판이 얼른거리는데
좋은 말 해줄 친구도 안 보이고!

할머니 내게 레몬을 좀 주시지
없음 향취 있는 아무거고
곧 질식하게 생겼소!

적적한 거리

친구들은 가고 적적한 거리
한종일 걸어도 반가운 이 만날 이 없어
사슴 모양 성큼 골목으로 들다

낯익은 얼굴들이 없어 낯선 거리
오호 클클한[75] 저녁이여
인경 덩이만한 비애 앞에 내가 섰노라

박 넝쿨 올린 지붕 밑에
우리 다 함께 모여 살 날은 언제라냐
옥수수는 올에도 다 익었는데

---

75) (기)클클하다. 1. 마음이 시원스럽게 트이지 못하고 좀 답답하거나 궁금한 생각이 있다. 2. 마음이 서글프다.

가난한 사람들

우리끼리 모이니
훈훈하구나
화로 하나 끼고도 이렇게 훈훈하구나

못생긴 것—
어디로 싸다녔기에
꽁꽁 얼어 왔니

외롭고 또 처량하고
늬 꼴이 오죽 병신스러웠겠니
못생긴 것—

창 너머로 하늘이 보이잖니
어머니의 옥당목 치마 빛을 한
얼마나 아름다운 우리들의 하늘이야

김가와 이가가
침을 사뭇 퉤퉤 뱉아도
진정 더러울 수는 없는 이 땅

우리끼리 모이니
훈훈하지 않으냐
어디로 넌 싸다녔니

약하고 가난하고 무력한 주변에
우리들 운김[76]이 좋지 않으냐
친구야 구수한 얘기 좀 해보렴

---

76) 1. 여럿이 한창 함께 일할 때에 우러나오는 힘. 2. 사람들이 있는 곳의 따뜻한 기운.

흰 오후

1호실에 그들이 나를 맡기고 간 지 며칠 만에
두 소녀가 있는 내 집 안방이 이렇게도 그리울
수야—

바람도 나를 삼킬 기세로
잉잉대고 관 속 같은 흰 방안에
총에 맞은 메추리 모양
나가 엎드렸다.

태양이 싸늘하니 부서지는 병상 위
무섭게 자리잡은 나의 공포여
엄숙한 눈동자로 창밖을 내다본다.

아무도 동행해줄 수 없는 이 길에서야

나 온종일 성모 마리아를 찾는구나
항시 함께 계셔주는 이 있거늘
나 모르고 살아온 고독의 날들

아무도 나와 같이 해주지 않을 때
말없이 옆에서 부축해주는 이—
인자하신 어머니, 성모 마리아여

노천명
(盧天命, 1912.09.02~1957.12.10)

일제강점기와 해방기의 기자, 시인, 작가, 소설가, 언론인.

황해도 장연군 박택면 비석리 출생.

본관은 풍천(豊川, 지금의 황해도 송화).

본명은 노기선(盧基善)이었으나 어릴 때 병으로 사경을 넘긴 뒤 개명하였다. 천주교의 영세명은 베로니카였으며, 아버지는 계일(啓一)이고, 어머니는 김홍기(金鴻基)이다.

1912년 황해도 장연군 출생

1919년 서울로 상경

1919년 진명보통학교 입학

1924년 검정고시에 합격, 진명여자고등보통학교에 입학

1926년 진명보통학교 졸업

1930년 진명여자고등보통학교(현 진명여자고등학교) 졸업

1932년 「밤의 찬미(讚美)」 외 2편(「단상」)을 『신동아』에 발표하며 등단

1934년 이화여자전문학교(현 이화여자대학교) 영어영문학과 졸업

1934년 조선중앙일보 학예부 기자

1934년 「제석(除夕)」을 『신가정(新家庭)』에 발표

1935년 『시원(詩苑)』 동인으로 시 「내 청춘(靑春)의 배는」(1935.2)을 발표

1938년 1월 1일 처녀시집 『산호림(珊瑚林)』(자가출판사 발행) 발표(『산호림』에 실린 49편의 작품 중에서는 「사슴」, 「자화상(自畫像)」, 「귀뚜라미」, 「생가(生家)」, 「장날」, 「연잣간」, 「돌아오는 길」 등이 포함되어 있다)

1938년 홍해성(洪海星)·유치진(柳致眞)·김진섭(金晉燮)·서항석(徐恒錫) 등이 주관하여 결성한 극예술연구회(劇藝術研究會)에 참여하여 활동. 조선문학예술동맹 참여

1938년 체호프(Chekhov, A. P.)의 「앵화원(櫻花園)」을 공연할 때 모윤숙과 출연하여 아냐 역을 맡기도 하였다.

1938년 중외일보 여성지 기자

1938년 조선일보 학예부 기자. 조선일보 출판부 근무하며 『여성』

편집

1943년 매일신보사 학예부 기자

1945년 2월 25일 제2시집 『창변』(매일신보사 간행) 발표(「남사당(男寺黨)」, 「춘향(春香)」, 「푸른 오월」, 「장미(薔薇)」 등의 주요 작품 수록)

1946년 부녀신문사 기자, 부녀신문 편집부 차장

1946년 서울신문 문화부 기자

1948년 수필집 『산딸기』

1949년 3월 10일 『현대시인 전집』(동지사)을 내면서, 제2권에 몇 편의 시를 발표 『노천명집』을 수록

1950년 임화 등 월북한 좌파 작가들이 주도하는 조선문학가동맹에 가입하여 문화인 총궐기대회 등의 행사에 참가

1950년 9월 28일 서울 수복 후 1951년까지 부역의 혐의로 투옥(조경희와 함께 체포되어 투옥되었다. 모윤숙 등 우파 계열 문인들의 위치를 염탐하여 인민군에 알려주고, 대중집회에서 의용군으로 지원할 것을 부추기는 시를 낭송한 혐의로 징역 20년형을 언도받아 복역했으며, 몇 개월 후에 사면으로 풀려났다.)

1951년 공보실 중앙방송국 방송담당 직원

1953년 3월 30일 제3시집 『별을 쳐다보며』를 출간(옥중시 「영어(囹圄)에서」 외 20편과 그밖에 「설중매(雪中梅)」, 「검정나비」, 「그리운 마을」, 「별을 쳐다보며」 등 수록)

1954년 수필집 『나의 생활백서』

1955년 서라벌예술대학(현 중앙대학교) 강사. 이화여자대학교 출판부에 근무

1955년 산문집 『여성서간문독본(女性書簡文讀本)』

1956년 5월에 발표한 『이대 70년사(梨大 70年史)』 자료 수집 및 정리

1957년 12월 백혈병으로 누하동 자택에서 요양하다 사망

1958년 제4시집 『사슴의 노래』(한림사 발행) 간행(수편의 미발표 유작시가 포함되어 있으며 대표적인 시로 「유월(六月)의 언덕」, 「비련송(悲戀頌)」, 「사슴의 노래」, 「내 가슴에 장미(薔薇)를」, 「나에게 레몬을」 등이 있다)

노천명의 시작 활동은 이화여자전문학교 재학 때부터 시작되었다(이화여전을 다니면서 「고성허(古城墟)에서」(뒤에 滿月臺로 개작) 등 5편을 『이화』지에 발표). 진명여자고등보통학교 시절에도 당시 일본에서 간행된 어린이 잡지에 응모하여 입상하는 등 시재(詩才)가 뛰어나

시를 지어 학우들 앞에서 낭독했다 한다.

제1시집 『산호림』과 제2시집 『창변』은 일관되게 고독과 향수, 소박하면서도 여성 특유의 섬세한 정감의 세계를 그린 것이 특색이다. 시세계는 망향의 정을 담은 향토적이고 토속적인 풍물시들을 잘 절제된 감정으로 투영시켜 표현하고 있다.

제3시집 『별을 쳐다보며』(1953)는 감옥에서의 수난체험과 거기서 오는 현실도피적인 시, 반공애국시, 그리고 고향에의 향수 등이 담겨 있다.

제4시집 『사슴의 노래』는 그의 사후 1958년 한림사(翰林社)에서 간행되었는데, 수편의 미발표 유작시도 실려 있다.

노천명의 시는 전통적인 여류시의 맥락을 현대적으로 계승한다. 모순으로서의 인생, 고독과 비극으로서의 생의 본질을 끊임없이 응시하고, 그것을 견디어가는 자세를 보여줌으로써 당대 여류시의 수준을 한 단계 끌어올려놓았다고 볼 수 있다.
이밖에도 여러 편의 소설과 평론이 있다.

노천명의 여러 작품

1. 시

「밤의 찬미(讚美)」, 『신동아』, 1932.6.

「단상(斷想)」, 『신동아』, 1932.7.

「포구의 밤」, 『신동아』, 1932.10.

「제석(除夕)」, 『신가정』, 1934.2.

「내 청춘의 배는」, 『시원』, 1935.2.

「단상(斷想)」, 『조선문단』, 1935.5.

「청동 화로가에」, 『삼천리』, 1936.1.

「호외(號外)」, 『조광』, 1936.9.

「낯선 거리」, 『조광』, 1937.6.

『산호림』, 자가출판사, 1938.

「황마차(幌馬車), 슬픈 그림」, 『삼천리 문학』, 1938.1.

「사슴처럼」, 『인문평론』, 1940.1.

「춘분(春分)」, 『인문평론』, 1940.4.

「망향(望鄕)」, 『인문평론』, 1940.6.

「겨울밤 이야기」, 『조광』, 1941.3.

「강변」, 『신세기』, 1941.6.

「하일산중(夏日山中)」, 『춘추』, 1941.7.

「정(靜)의 소식」, 『삼천리』, 1941.7.

「저녁별」, 『삼천리』, 1941.9.

「산산(山寺)의 밤」, 『삼천리』, 1941.11.

「노래하자 이날을」, 『춘추』, 1942.3.

「향수(鄕愁)」, 『춘추』, 1942.8.

「천인금십(千人金十)」, 『춘추』, 1944.10.

『창변(窓邊)』, 매일신보사출판부, 1945.

「오월(五月)」, 『독립신문』, 1946.5.

「약속된 날이 있거니」, 『백민』, 1946.10.

『노천명』(현대시인전집 2), 동지사, 1949.

「신년송(新年頌)」, 『부인(婦人)』, 1949.1.

「적적(寂寂)한 거리」, 『신세기(新世紀)』, 1949.1.

「유관순 누나」, 『어린이 나라』, 1949.3.

「한매(寒梅)」, 『신여원(新女苑)』, 1949.3.

「단상(斷想)」, 『신원(新苑)』, 1949.4.

『현대시집』 1(공저), 정음사, 1950.

「검정 나비」, 『문예(文藝)』, 1950.1.

「달빛」, 『문학(文學)』, 1950.6.

「불덩어리 되어」, 『자유예술(自由藝術)』, 1952.11.

『별을 쳐다보며』, 희망, 1953.

「유월(六月)」, 『소년세계』, 1953.6.

「둘씩 둘씩」, 『학원』, 1953.8.

「삼월의 노래」, 『소년세계』, 1954.3.

「경례를 보내노라」, 『학원』, 1954.5.

「감추어 놓고」, 『현대공론』, 1956.6.

「새벽」, 『새벽』, 1955.1.

「어머니」, 『사상계』, 1955.2.

「여원부(女苑賦)」, 『여원(女怨)』, 1955.10.

「해변(海邊)」, 『전망(展望)』, 1955.11.

「네 가슴에 꽃을 피워라」, 『학원』, 1956.1.

「독백」, 『사상계』, 1956.2.

「오월의 노래」, 『여원』, 1956.5.

「가난한 사람들」, 『사상계』, 1957.5.

「나에게 「레몬」을」, 『자유문학』, 1957.7.

「자화상」, 『자유문학』, 1957.8.

「사슴」, 『자유문학』, 1957.8.

「고별(告別)」, 『자유문학』, 1957.8.

『사랑의 노래』, 한림사, 1958.

『노천명 전집』, 천명사, 1960.

『산호림』, 천명사, 1961.

「흰 오후(午後)」, 『여원』, 1962.2.

「장미」, 『자유문학』, 1963.6.

『꽃길을 걸어서』, 전위문학사, 1967.

「사슴」, 『자유문학』, 1967.12.

2. 소설

「닭 쫓던 개」, 『신동아』, 1932.8(단편소설).

「결혼전후(結婚前後)」, 『중앙(中央)』, 1934.12(단편소설).

「하숙」, 『신가정(新家庭)』, 1935.10(단편소설).

「사월이」, 『여성』, 1937.6~7(중편소설).

「우장(雨葬)」, 『여성』, 1940.4(단편소설).

3. 수필

「일편단심」, 『이화』 3, 1931.

「신록(新綠)」, 『신동아』, 1932.6.

「꼭 다문 입술과 괴로움」, 『삼천리』, 1936.6.

「야자수 그늘과 청춘의 휴식」, 『삼천리』, 1938.5.

「어머님 전상서」, 『여성』, 1938.7.

「눈오는 밤」, 『박문(博文)』, 1939.2.

「선경묘향산(仙境妙香山)」, 『삼천리』, 1940.7.

「강변」, 『신세기』, 1941.6.

「아스파라커쓰의 조난」, 『춘추』, 1941.6.

「남행」, 『백민(白民)』, 1947.5.

『집 이야기』, 민성(民聲), 1947.11.

『산(山)딸기』, 정음사, 1948.

「진달래」, 『민성』, 1946.6.

『여성서간문독본』, 박문출판사, 1949.

「여인 소극장」, 『신천지』, 1949.7.

「수상(隨想)」, 『신천지』, 1949.9.

「서울에 와서」, 『문예』, 1953.10.

『나의 생활백서』, 대조사, 1954.

「오월의 구상(構想)」, 『신천지』, 1954.5.

「노변야화(路邊夜話)」, 『새벽』, 1956.1.

「나비」, 『자유문학』, 1957.8.

「최정희씨에게」, 『사상계』, 1963.6.

「나의 30대」, 『여원』, 1967.11.

4. 평론

「익명비평(匿名批評)의 유행에 대하야」, 『조선중앙일보』, 1935.10.16.

「인간 박종화(朴鍾和)」, 『문예』, 1949.9.

「최정희론」, 『주간 서울』, 1949.12.

「김상용평전」, 『자유문학』, 1956.7.

「시(詩)의 소재에 대하여」, 『한국일보』, 1956.12.

**노천명은 사슴을 "모가지가 길어서 슬픈 짐승"에 비유한 시로 유명하다. 독신으로 살았던 그의 시에는 주로 개인적인 고독과 슬픔의 정서가 부드럽게 표현되고 있으며, 전통 문화와 농촌의 정서가 어우러진 소박한 서정성, 현실에 초연한 비정치성이 특징이다.

그러나 태평양전쟁 중에 쓴 작품 중에는「군신송」등 전쟁을 찬양하고, 전사자들을 칭송하는 선동적이고 정치적인 시들이 다수 포함되어 있다. 특히「님의 부르심을 받들고」라는 시는 "남아면 군복에 총을 메고 나라 위해 전장에 나감이 소원이러니 이 영광의 날 나도 사나이였다면 귀한 부르심을 입었을 것을"이라며 젊은이들을 선동하고 일

제의 인적 수탈(강제 징병)을 찬양하는 내용이 포함되어 있다.

**민족문제연구소가 2008년 발표한 민족문제연구소의 친일인명사전 수록자 명단 중 문학부문에 선정되었다. 총 14편의 친일 작품이 밝혀져 2002년 발표된 친일문학인 42인 명단에 포함되어 있으며 친일반민족행위진상규명위원회가 발표한 친일반민족행위 704인 명단에도 포함되었다.

**일제강점기에 보성전문학교 교수인 경제학자 김광진과 연인 사이였다. 노천명과 절친한 작가 최정희가 시인 김동환과 사귄 것과 함께 문단의 화제 중 하나였고, 두 사람의 사랑을 유진오가 소설화하여 묘사한 바 있다. 김광진은 광복 후 가수 왕수복과 함께 월북했다.

**경기도 고양시 벽제읍에 있는 묘지의 묘비는 김충현(金忠顯)의 글씨로 시 「고별(告別)」의 일절이 새겨져 있다.

**문단 대표적인 친우로는 모윤숙(毛允淑)·김광섭(金珖燮)·이헌구(李軒求) 등이 있다.

큰글한국문학선집: 노천명 시선집

사슴

1판 1쇄 인쇄_2015년 08월 10일
1판 1쇄 발행_2015년 08월 20일

지은이_노천명
엮은이_글로벌콘텐츠 편집부
펴낸이_홍정표

펴낸곳_글로벌콘텐츠
등 록_제25100-2008-24호

공급처_(주)글로벌콘텐츠출판그룹
기획·마케팅_노경민 편집_김현열 송은주 디자인_김미미 경영지원_안선영
주소_서울특별시 강동구 천중로 196 정일빌딩 401호
전화_02-488-3280 팩스_02-488-3281
홈페이지_www.gcbook.co.kr

값 14,000원
ISBN 979-11-5852-027-4 03810